بِسْمِ اللهِ الرَّحْمٰنِ الرَّحِيْمِ

In de Naam van Allah, de Meest Genadevolle, de Meest Barmhartige

Dit boek is een speciaal geschenk
aan een bijzonder kind van Allah ﷻ.

Moge het je dichter bij
Zijn liefde, barmhartigheid en licht brengen

Het leren kennen van Allah, onze Schepper

Een kinderboek ter introductie van Allah

The Sincere Seeker Collection

Allah ﷻ is Eén en Uniek.
Hij is onze liefdevolle Schepper die jou,
mij en alles wat we zien heeft geschapen.

Elke dag zorgt Allah ﷻ voor ons—
Hij geeft ons lekker eten,
een warm bed en Hij beschermt ons.

Allah ﷻ staat boven alles
en waakt altijd liefdevol over ons.

Allah ﷻ maakte enorme planeten
en ook hele kleine.

Hij schiep de aarde als ons prachtige thuis.

's Nachts fonkelen de sterren
en verlichten ze de hemel.

Allah ﷻ maakte het heelal
zodat wij er met verwondering
naar kunnen kijken.

Allah ﷻ maakte de volle maan
die 's nachts schijnt.

Hij laat zachte wolken boven ons drijven.

Hij stuurt regen om planten te laten groeien
en de aarde schoon te maken.

Hij stuurt de wind uit alle richtingen
en de warmte van de zon
om alles te laten bloeien.

Allah ﷻ maakte koel water
en warm water.

Hij maakte rivieren die stromen,
grote oceanen met golven,
en diepe zeeën waar geweldige wezens
zich verbergen.

Hij laat de golven stijgen en dalen—
soms zacht, soms krachtig.

Allah ﷻ maakte hoge bergen
die de lucht raken.

Hij maakte kleine besneeuwde heuvels
die schitteren in de zon.

Elke berg toont Zijn kracht en schoonheid.

Allah ﷻ maakte bananen-
en sinaasappelbomen
met heerlijke vruchten.

Hij vulde de wereld met kleurrijke bloemen
en zoete geuren.

Sommige bloeien in tuinen;
andere groeien wild in velden.

Elk is een speciaal geschenk
van Allah ﷻ om ons blij te maken.

Allah ﷻ gaf ons families
om van elkaar te houden
en voor elkaar te zorgen.

Ouders beschermen ons.

Broers en zussen
spelen samen en delen.

Families zijn een speciaal geschenk
van Allah ﷻ.

Allah ﷻ maakte grote dieren.

Olifanten met lange slurven.

Beren met zachte, pluizige vacht.

Groene alligators met scherpe tanden.

Reusachtige walvissen
die diep in de zee zwemmen.

Allah ﷻ maakte ook kleine dieren.

Het kleine lieveheersbeestje.

De zoemende hommel.

Mieren en sprinkhanen.

Vlinders die in de wind fladderen.

Libellen die door de lucht schieten.

Elk laat de prachtige creativiteit
van Allah ﷻ zien!

Allah ﷻ geeft ons gezond eten en drinken
om ons sterk te laten groeien.

Vers brood, zoete druiven,
sappige appels en gouden honing.

Gele kaas, romige melk en sappige kip!

Elke hap en slok is een zegen van Allah ﷻ.

Dank U, Allah ﷻ,
voor al het heerlijke eten dat U ons geeft!

Allah ﷻ gaf ons het leven
en nog veel meer zegeningen!

Een gezellig huis en een auto
voor leuke uitstapjes.

Twee handen om te bouwen.

Twee ogen om te zien.

Twee oren om te horen.

En harten die kloppen van liefde.

Dank U, Allah ﷻ,
voor al deze prachtige geschenken!

Allah ﷻ ziet en hoort alles,
zelfs onze stilste gedachten.

Hij weet wat er in onze harten is
en alles wat we van binnen voelen.

Hij ziet onze blije gedachten
en vriendelijke daden.

Allah ﷻ waakt altijd vol zorg en liefde over ons.

Allah ﷻ houdt van ons meer dan we ons
kunnen voorstellen!

Zijn liefde is dieper dan de oceaan,
helderder dan de zon.

Hij zorgt voor ons wanneer
we lachen of huilen,
wanneer we spelen of bidden.

Laten we onze liefde tonen
door Allah ﷻ te gedenken,
tot Hem te bidden en goed te doen!

Al het goede komt van Allah ﷻ.

Hij is het Licht van de hemelen en de aarde.

Allah ﷻ leidt ons met Zijn licht
en helpt onze harten
het juiste te kiezen.

Wanneer we goed doen,
stralen onze harten ook helder.

Wij bidden tot Allah ﷻ omdat Hij ons
geschapen heeft en heel veel
van ons houdt.

Wij houden ook van Hem.

Wanneer wij om hulp vragen,
hoort Allah ﷻ ons en antwoordt Hij
op de beste manier.

We kunnen altijd met Allah ﷻ praten—
in blije tijden en verdrietige tijden.

Allah ﷻ is altijd dichtbij en luistert.

Allah ﷻ belooft het Paradijs
aan degenen die in Hem geloven
en goed doen—

een plek van vreugde waar wensen uitkomen.

Rivieren van zoete honing en melk
zullen stromen.

Tuinen zullen bloeien met bloemen
die nooit verwelken.

Er zullen heerlijke vruchten zijn,
mooie kleren en eindeloze gelukzaligheid.

Laten we Allah ﷻ liefhebben,
goed doen en ons best doen—
zodat we op een dag bij Hem in het Paradijs
kunnen zijn!

Einde

Moge deze reis je dichter bij
Allah's ﷻ oneindige liefde en wijsheid brengen.